少年游

银鞍白马度春风

马悦豪 著

華文出版社
SINO-CULTURE PRESS

图书在版编目（CIP）数据

银鞍白马度春风 /马悦豪著. -- 北京 : 华文出版社，2022.10

ISBN 978-7-5075-5693-3

Ⅰ. ①银… Ⅱ. ①马… Ⅲ. ①诗词－作品集－中国－当代 Ⅳ. ①I227

中国版本图书馆 CIP 数据核字(2022)第 181622 号

银鞍白马度春风

作　　者：马悦豪
责任编辑：谭　笑　修文龙
出版发行：华文出版社
社　　址：北京市西城区广安门外大街 305 号 8 区 2 号楼
邮政编码：100055
投稿信箱：784263235@qq.com
电　　话：总 编 室 010-58336239
　　　　　发 行 部 010-58336267　58336253
　　　　　责任编辑 010-58336237
经　　销：新华书店
印　　刷：北京建宏印刷有限公司
开　　本：880×1230　1/32
印　　张：3.125
字　　数：53 千
版　　次：2022 年 10 月第 1 版
印　　次：2022 年 10 月第 1 次印刷
标准书号：ISBN　978-7-5075-5693-3
定　　价：48.00 元

出版说明

诗歌是高级的语言艺术形式，是人们所见所感的高度凝练，而青少年的创作尤能体现真实质朴之意境，似未琢之璞玉，未来可期。

为鼓励青少年群体对诗词产生阅读兴趣和创作热情，华文出版社特推出“少年游”系列，收录优秀的青少年诗词作品成集出版。虽然这一系列作品仍有不足之处，但我们希望能原汁原味地保留这些青葱的诗作，为他们留下生命中的一份珍贵的纪念，为热爱诗词的青少年提供一个展示风采的平台。

2022 年 8 月 18 日

天上百花，因我放无休

——悦豪诗集《银鞍白马度春风》序

田　间

马悦豪是石室中学 2022 届学生，我对他最初的印象，是在纪念文翁兴学 2165 周年诗词诵读活动中，有个节目所咏诗词《满江红 · 石室楼台》听说即出自马悦豪同学笔下，遂对他多了一份关注：高高的个头，帅气、阳光；暖暖的笑容，热情、开朗；时常活跃于石室的诗社、文学社，演讲台、篮球场……这样的少年，在石室的校园里，既是那么的引人注目，又是那么的平凡平常。

公元前 143 年，西汉蜀郡太守文翁在成都城南修建了中国第一所官办学校——石室精舍。2160 多年后的今天，在汉阙金茎的青瓦楼台下，在春风秋桂的流金岁月里，有那么一群少年，以梦为马，青春飞扬。“爱国利民、因时应事、整齐严肃、德达材实。”秉承着石室全面发展、素质教育的理念，而不是“读死书”“死读书”。石室培育着他们“责任与感恩”的思想，他们又弘扬着石室“传承与创新”的精神。“青瓦古釉红墙，千年烟雨锦江。归去书声盈耳，踏遍银杏秋黄。”（《清平乐·军训前夕》）在这厚重悠久又自由宽松的校园，石室中学培养出来的学生，都后劲十足，创造力极强，正能量满满！

翻开这本诗集，我看到了一个少年在成长过程中用自己的眼光、思想，去感知世界的新奇与神秘。其间有成长的思考与迷茫，有少年情感的萌动与不安，有对未来的憧憬与新奇，还有对社会责任的使命感与担当精神。悦豪从 14 岁开始写诗词，至今创作颇丰。我在想，一个少年，未背井离乡踏遍天涯红尘，未经历风雨尝尽人间百味，何以有如此多的感慨与思考？王国维在《人间词话》中说：“客观之诗人，不可不多阅世。阅世愈深，则材料愈丰富，愈变化。主观之诗人，不必多阅世。阅世愈浅，则性情愈真。”我想这是源于一种敏锐而真诚的赤子之心吧。正是十六七岁的年纪，才会有这样的激情和纯真：无所顾忌，不染尘埃，没有功利的这样文采飞扬。

芸芸众生，浮华尘世，“众人熙熙，如享太牢，如春登台。我独泊兮，其未兆，如婴儿之未孩”。今世人逐名追利者多，静心读书者少；学生则埋头教科书者多，仰望星空者少。爱古诗词者众，提笔创作者稀。读一本少年的诗词，突然感觉那些曾经属于我们而又在生活中遗失了的东西，在一瞬间又回来了。是的，那时我们所追求的可能正是现在我们想要逃避的，那时我们所忽略的可能正是现在我们所要寻找的……

“画山洲，点春秋。天上百花，因我放无休。”（《江城子·诗中游》）那就让我们翻开这本诗集，随着那些插上翅膀的文字，在银鞍白马春风中，飞回过去，飞向未来……

作于 2021 年 8 月

（作者系成都石室中学校长、石室中学教育集团管委会主任、四川省学术和技术带头人、四川省中学校长协会会长）

寄语“乐且勤”，人生永少年

——为马悦豪诗集作序

宋奕云

今受托为马悦豪之诗文集《银鞍白马度春风》作序。品其诗文，吟咏数度，思忖良久，竟不知当于何处落笔。昔明宋文宪公作《送东阳马生序》，乃其有经天纬地之才，居出将入相之尊。予何人也，才非玉润，文愧金声，既为师者，面对莘莘学子之风华正茂而又得天独厚者，唯叹“江山代有才人出”，后生实可畏也！

世事纷扰，红尘若梦，好读书者希，可静心者少，醉心于诗词之少年更属凤毛麟角，悦豪幼承庭训，与其父时以诗文相和。初中就读于石室联合中学，得石室之文化传承。兴之所在，志之所向，行之所往也。正如柳树映门，陶令读书之乐不减；蓬蒿没户，颜子囊括之志犹存。故悦豪未及弱冠能有此成者，乃其诗兴之浓，情志之深也。

习诗词当起自童蒙，随生命而成长，因感发而流淌。

悦豪亦如是。其诗词少年意气，挥斥方遒。既有豪情万丈，挥戈捕日，亦不乏柔情离恨，柳絮飞红。遣词之工，随年岁俱长；入木之力，与案卷同增。继石室之文脉，添文庙之墨辉，石室联中门下得英才如此，何其之幸也！

《南华经》云："吾生也有涯，而知也无涯。"吾以为欲以有涯之生求索于无涯之知，其舟楫者，"乐且勤"也。闻古之人有车胤者，囊之以萤；有匡衡者，凿之以壁。欧母画荻而永叔以勤，范母居贫而希文益坚。见妪磨杵，太白终至勤奋；闻鸡起舞，刘琨未敢偷闲。宋文宪公以为学之"勤且艰"告语于东阳马生，今余斗胆依葫画瓢，以"乐且勤"寄言马生悦豪并引以自勉。

银鞍耀目，白马星驰，春风十里，少年如诗。

作于 2021 年 8 月

（作者系成都石室联合中学校长、石室联合中学教育集团校长、成都市学科带头人）

目　录 CONTENTS

第一辑　莫叫西风唤我忧

第二辑　为我暂作人间花

第三辑　清风吹盛眼中情

第四辑　一番清雨落山岗

第一辑　莫叫西风唤我忧

观　史

先秦尘翳蔽斜阳，唐宋风云关曲江。
一万里山河剪影，十余朝雨雪吹凉。
百年难负千年虑，今日不言当日狂。
昨夜洞庭寒露降，多情湘累鬓云苍[①]。

/ 2019 年 11 月 /

①元唐珙《题龙阳县青草湖》："西风吹老洞庭波，一夜湘君白发多。"

窗 外

不是才子着白衣，不算卿相安可期。
山河清雨春冬里，平明鹧鸪一声啼。

/ 2020 年 3 月 /

月考后

塞北梅花江南柳，庐山烟雨钱塘楼。

桃花坞里寻仙迹，汨罗江上奏箜篌。

摔琴只因胸中錾，破釜何须闲人留。

即日扬名过石室，明月不曾白我头。

/ 2020 年 4 月 /

胡姬吴姬

自古伤别长安道，相逢相知易相倾。
可叹多情吴国水，千里迢迢空月明。

长安道上有胡姬，眸里关山明月生。
漂泊孤苦水中萍，弦管金戈响三更。
秦淮水旁有吴姬，杏花吴雪水为形。
教坊章台花粉处，千金易掷人相轻。

二十四桥月中箫，与谁妒也为谁娇？
漫言胡姬早迟暮，北地风尘催鬓毛。
自古吴姬多薄命，英雄不惜红颜凋。
汉史青册谁着笔，写尽王侯与英豪。
道是商女不知恨，却是谁人祸六朝？

骊山云雨铜雀月，金屋流年长门雪[①]。
江南江北愁空望，望断一江水冽冽。

红粉碧桃柔芭蕉，绝色容颜经几宵？
烽火诸侯妃子笑，君不见，三尺椒房老阿娇[2]。
千年怨恨孰能恕？我自多情肩上挑。
但求天下女子不老，愿得所有褶皱一人消。

/ 2020 年 5 月 /

---

①长门：汉宫殿名，汉武帝时期陈皇后阿娇被废，迁居长门宫。相传她不甘心被废，千金买赋，得司马相如所作《长门赋》，以期君王回心转意。此赋使长门之名千古流传，长门宫也成为冷宫的代名词。

②椒房：指皇后、妃子所住的宫殿。因用花椒和泥涂壁得名，取温暖、芬芳、多子之义。

赋得月

台上清光照此时，台下圆缺几人知。

曲终金影西行去，看客散尽谁有思。

/ 2020 年 5 月 /

东　游

庚子年夏出游，一路向东，徒走武陵源，飞登天门山，夜泊凤凰城……

而今仗剑向东走，天涯无处不风流。
朝登天门点兵将，暮踏云马凤凰游。
仙君问我求何物，愿赠南柯梦悠悠。
只欲白衣揽虹带，邀得嫦娥醉琼楼。

/ 2020 年 8 月 /

登梵净山有感

梵净山上红霞烧，观音洞口墨雨飘。

那年七夕虹桥下，两瓣朱唇阖碧桃。

/ 2020 年 8 月 /

少年吟三首

十七岁生日作

其一

壶里天光壶外月，鞘中宝剑腹中诗。
一朝纵马任南北，天下谁人不相识？

其二

儿女谁家愁怨长？春风吹乱月之光。
相思总恨芭蕉雨，誓与莺啼作较量。

其三

飞霜无故覆青山，山色凋零玉勾寒。
卧看霜天与明月，却怜唯我伴青山。

/ 2021 年 2 月 /

清平乐·军训前夕

十里街道，十几朝文庙[①]。含笑芙蓉金桂耀，策马正当年少。

青瓦古釉红墙，千年烟雨锦江。归去书声盈耳，踏遍银杏秋黄。

/ 2019 年 8 月 /

①文庙：指石室中学。文翁创建石室，后人在此修文庙记之。

满江红·石室楼台

石室 2165 周年校庆

石室楼台，锦江雨，风云会际。绯门后，桃园盛景，书声更递。我揽流光千古越，别君归去何年是[①]？两千载，更岁岁年年，人间意。

寒窗苦，流年替。汉青册，谁家史？看天涯红尘，少年豪气。此去扶摇霄汉处，可令凤鸟飞腾矣[②]。待来日，羽翼壮鹍鹏，九万里。

/ 2019 年 10 月 /

①唐李白《梦游天姥吟留别》：“别君去兮何时还？且放白鹿青崖间。”

②战国屈原《离骚》：“吾令凤鸟飞腾兮，继之以日夜。”

一剪梅·元宵题记

庚子年元宵，我们都在牵挂着一个城市——武汉

元夜今宵月又明。楚地风雪，枕上凭听。梦中白发比湘君，满载星辉，飞渡江荆。

落泪山河若有情。一滴轻弹，四海惊霆。来年春色不贪多，只借七分，水绿天青。

/ 2020 年 2 月 /

望海潮·庐山烟雨

庐山烟雨，潇湘夜色，看痴多少人家？邀月苦吟，樽前皓首，凭谁偷我年华？铁锈镀金珈。海棠仍依旧，又复蝉蛙。可记青梅？天涯相老，浣云纱。

人生乐苦方佳。似小渠尺水，点点桃花。平泛锦纹，长悬落木，围炉漫煮清茶。池小跃鱼虾。杨柳垂堤岸，闲趣当夸。浊酒长鞭快马，风暖伴云霞。

/ 2020 年 4 月 /

江城子·诗中游

石室中学“独立青年”诗社招新而作

诗词漫卷乐中游，玉雕楼，燕儿钩。江北琵琶，江左杏花稠[①]。乱絮飞红梅子雨，多少事，惹人忧。

扶桑可系月能留，画山洲，点春秋。天上百花，因我放无休。挥笔嫦娥题一首，千年后，一回眸。

/ 2020 年 9 月 /

①江左：长江以东地区。长江自九江往南京一段（皖江）为西南往东北走向，故将长江以东的地区称为“江左”，三国两晋开始称“江东”，至唐以后逐渐被“江南”概念取代。

定风波·莫叫西风唤我忧

莫叫西风唤我忧，也无飞絮惹人愁。渡了乌江称好汉①，谁叹？长安香阵不曾收②。

浸月窗纱秋去后，寒透，霜华只欲我白头。岂许豪情空负酒，风骤，劲松寒岁显风流。

/ 2021 年 3 月 /

①项羽在垓下大败，四面楚歌，无颜见江东父老，不肯渡乌江而自刎。

②唐黄巢《不第后赋菊》：“冲天香阵透长安，满城尽带黄金甲。”

采桑子·晨起

月光隐隐随人梦，案上寻踪，悄入云屏，惊动梅花片片松。

积霜似比当时重，老了青骢，摧了华容，行道应敲五鼓钟。

/ 2021 年 6 月 /

忆江南·桃花

疑是梦，梦里惹桃红。红却春江霞浸粉，粉回云聚恼人风。风恼笑颜红。

/2021 年 9 月/

第二辑　为我暂作人间花

诗二首·书生

其一

奈何十里无端长，浮生举子老他乡。
千百轮回皆如此，满腹经纶孟婆汤。

/ 2019 年 9 月 /

其二

窗前案上老书生，三史六经多亡灵①。
到头折煞翻书者，风里雨里打更声。

/ 2020 年 7 月 /

①三史：通常指《史记》《汉书》《后汉书》。“三史”加上《三国志》，称为“前四史”；六经：是指经过孔子整理而传授的六部先秦古籍：《诗经》《尚书》《仪礼》《易经》《乐经》《春秋》。

自画诗

红云金嵌薄暮日，万里关山马迟迟[1]。

层层排杏无人处，潺潺涓流穿沙石。

半樽新酒斜飞斗，一潭老井典藏秋。

梦中依稀，当时杨柳，镜中人何愁?

三分豪情四分志，两分婉约一分柔。

/ 2019 年 6 月 /

---

①北宋柳永《少年游》:“长安古道马迟迟，高柳乱蝉嘶。”

反别君

致敬三年初中

三年春梦逝无痕。
闲来细酌，醉意红云。
独倚阑干待明月，笔墨逐月流照君[①]。

人生若只如初见，情真意懒两相换[②]。
长安陌上无穷树[③]，陌上花开别离路[④]。
沧海江河同日辉，庐山巫山共云回。

春花秋月最难了，此花开尽彼花娇。
谁知天公不盼老？苦坐春秋风雨浇。
门前江水尚西流[⑤]，今日少年空自愁。
乘风归去金桂酒，不解尘世有缘由。

春风碧水惹涟漪，南河烟雨任凄凄。
曳雨芭蕉光阴逝，黑水玄潭守星移。

梁前燕返趁星夜，稻花香处听蛙鸣。

青涩枝头不忍折，不负年华不负卿。

/ 2019 年 6 月 /

---

①唐张若虚《春江花月夜》：“此时相望不相闻，愿逐月华流照君。”

②清纳兰容若《木兰花令·拟古决绝词》：“人生若只如初见，何事秋风悲画扇？”

③唐刘禹锡《杨柳枝词》之八：“长安陌上无穷树，唯有垂杨绾别离。”

④吴越王钱镠寄夫人吴氏书：“陌上花开，可缓缓归矣。”

⑤北宋苏轼《浣溪沙·游蕲水清泉寺》：“谁道人生无再少？门前流水尚能西！”

中秋夜咏月二首

其一　望月怜嫦娥

一年又是向秋明，惜我月宫寒复生。
岁岁朝朝等闲过，唯有金桂可关情。

/ 2019 年 8 月 /

其二　月夜烦愁

一轮明月几度秋，万生百代多烦愁。
只盼夜夜对月饮，又恐日日添白头。

/ 2019 年 8 月 /

杜鹃斜阳

“杜鹃声里斜阳暮”，何等意境，惟淮海化之于凄厉。然以我观物，物皆着我之色彩，少年豪气，岂能同秦淮海所道之境一般。故更之：杜鹃声里赏斜阳。

夜色南河水苍苍，红霞入梦芙蓉香。
少年豪气西行水，杜鹃声里赏斜阳。

/ 2019 年 9 月 /

杂　叹

阳澄河豚不同季，清蒸生脍孰与鲜？
二十四桥风吹月，秦淮酒庄哪家眠？

永嘉不闻元嘉唱[①]，花间空放雨中篇[②]。
钟灵山水多奇秀[③]，未济苍生却隐田。
荷清不屑伴牡丹，牡丹盛时梅雪迁。
梅雪欺霜本无奈，无奈傲名留千年。
西施飞燕当同朝，叶眉柳腰可争妍？
白蛇红光若逢时[④]，十面埋伏凭谁观？

太真姿色无盐誉[⑤]，慧仙情谊令姜才[⑥]。
白头一曲青山乱[⑦]，蔽月轻云为谁开[⑧]？

巴山秦岭本共渊，夜雨也识巴山外。
有情佳人不得知，空留一江飞霰霭。
若有佳人云上约，雾影月影竟何待？

不贪仙桃与琼浆，只需金桂挂衣带。
若有丽魂桐风中[9]，野路檀香享安泰。
三更只闻呢喃语，凝血修松作华盖。

我与佳人本无别，同是关山同是月。
折花不知所遗谁，闲来提笔心头热。

/ 2020 年 5 月 /

---

①永嘉：晋怀帝年号（307—313），这一时期社会动荡不安，天下大乱。其间涌现出的一批诗人，被称为“永嘉诗人”。其中，以刘琨和郭璞的创作成就最高。元嘉：南朝宋文帝年号（424—453）。其间文人辈出，最为突出的有谢灵运、颜延之和鲍照，时人称之为“元嘉三大家”。

②花间：指花间词派。中国古代诗词学流派之一。

③钟灵山水：指山水田园诗派。

④白蛇：汉高祖刘邦在丰西芒砀山泽斩白蛇起义；红光：传说明太祖朱元璋出生时，红光满室。

⑤太真：唐杨贵妃；无盐：战国时齐宣王王后钟离春，为人有德而貌丑，因是无盐人，故名无盐。

⑥蕙仙：即唐琬，字蕙仙，写有《钗头凤·世情薄》和陆游词；令姜：即谢道韫，字令姜，东晋才女。所著诗、赋、诔、讼，流传于世。

⑦白头一曲：指《白头吟》。汉乐府民歌，相传为汉代才女卓文君所作。

⑧魏曹植《洛神赋》："仿佛兮若轻云之蔽月，飘飖兮若流风之回雪。"

⑨桐风：吹过梧桐叶的秋风。唐李贺《秋来》："桐风惊心壮士苦，衰灯络纬啼寒素。"

水　仙

亭亭一束水仙发，香缕明月气染霞。

风华只在黄尘外，为我暂作人间花。

/ 2021 年 5 月 /

越天山

寒星对照千峰雪，风沙欲倾万丈颠。

举目尚嫌天镜浅，策马已是云海间。

/ 2021 年 12 月 /

一剪梅·春逝

自古多情反寂寥。惹尽英豪，老了英豪。落花满院尽为尘，醉也心焦，醒也心焦。

日暮春寒意未消。素帘相招，烛光相招。隔窗独坐望江潮，风里飘摇，雨里飘摇。

/ 2018 年 7 月 /

临江仙·登高

心事少年凭眺，西风断雁正高。急雨潇瑟卷怒潮。山低云远处，涛浪上重霄。

雁字锦书何处？一川秋水迢遥。漏船泛梗任飘摇[1]。将来雨过后，红日照蓬蒿。

/ 2019 年 2 月 /

①鲁迅《自嘲》："破帽遮颜过闹市，漏船载酒泛中流。"

雨霖铃·十五华弦

十五岁生日作

十余华诞，忘情年月，晓梦流泛。分明昨夜梦半，貂靴踏雪，凌空而见。又是秋云画扇，怎寻春风面。远水阔，欢舞轻歌，梦后楼台海涯远。

今朝月色花娇艳，忆从前，望断南飞雁。枝头柳芽初叶，伴宿雨，发华偷换。弹指光阴，诗酒回眸素雪一片。任少壮，豪气翩跹，把曲江踏遍[①]。

/ 2019 年 2 月 /

①曲江：北宋欧阳修《临江仙·记得金銮同唱第》：“十年歧路，空负曲江花。”代指新科进士的宴会。

水调歌头·听雨

一宿倦听雨，辗转困难眠。此中无限思绪，随雨缀相连。沥沥颗颗点点，缕缕丝丝念念。长夜少人喧。料峭风吹劲，花已葬千千。

三炷香，六弦曲，九世缘。春风吹去，托给浮世楚狂言。今日文翁新杏[1]，翠绿枝头独秉。校内亦丰年。待满池荷盖，执手与君言。

/ 2019 年 4 月 /

①文翁：指石室中学，西汉蜀郡太守文翁创建“石室精舍”，后人称文翁石室。

曲玉管·回首东风

回首东风，廊桥暮色，楼台寂寂离人久。乱絮飞红银汉，千万凭由。掷闲愁。岁岁寒蝉，年年黄叶，晚来雨过留枯藕。雁字人行，淡淡山远天幽。水长流。

梦里佳期，可曾有、绵绵离恨，杜鹃千里斜阳，菲菲陌上清秋。彩云游。上清宫华阙，不拟当时仙药，碧波奔月[①]，画扇悲歌，尚未白头。

/ 2019 年 12 月 /

①唐李商隐《嫦娥》："嫦娥应悔偷灵药，碧海青天夜夜心。"

南乡子·月下潮

明月看潮徊，涨落何时把月摘？十丈波涛真有意，悲哉。难洗心中尘与霾。

霁色为谁开？散尽烟波天地裁。若去万般情和恨，伤怀。卷暮风帘疏雨来。

/ 2021 年 3 月 /

水龙吟·纵千里欲封侯

纵千里欲封侯，道途风雨应无数。六国佩印[①]，唇枪齿剑，悬梁刺股。青琐门中[②]，郁金堂里，月娥西顾。想飞来山上，沉云日暮，谁知晓、鸡鸣处[③]。

应是天公有妒。赠风华、却将我误。繁花看尽，花多怨我，不留花住。铜雀春风，骊山云雨，幽燕歌舞。莫说前道有佳音，已是雪封来路。

/ 2021 年 3 月 /

---

①战国时苏秦曾成功说服六国实行他的合纵主张，并执六国相印。

②唐李颀《听董大弹胡笳声兼寄语弄房给事》：“长安城连东掖垣，凤凰池对青琐门。”青琐门：汉时宫门，这里指唐宫门，是门下省的阙门。

③北宋王安石《登飞来峰》：“飞来山上千寻塔，闻说鸡鸣见日升。不畏浮云遮望眼，自缘身在最高层。”

江城子·好文章

谦冲解去剩疏狂。雪纷纷，雨洋洋。马跃弦张，羽箭颤雕梁。我有焰光三万丈，须谁叹，好文章？

西窗今又守凄凉。酒千觞，盏中霜。遥对斜阳，落处有情伤。看惯千般拂我意，知我者，是流光。

/ 2021 年 4 月 /

第三辑　清风吹盛眼中情

年　华

苍烟流水过山间，金樽一梦值几钱？
何如陌上寻倩影，相识相知相爱怜。
花开花落觅春光，江流江转载星天。
风动浮香芳不尽，一缕一丝嗅流年。
细雨茅檐滴水音，青苔入室留屐痕。
金书泥印空笙调，心香烧尽蜡成尘。
素琴声中流光逝，残星秋月扶桑新。
试问年华为何物，梨花闭户误青春[①]。

/ 2018 年 5 月 /

①北宋李重元《忆王孙（春词）》：“雨打梨花深闭门。”明唐寅《一剪梅·雨打梨花深闭门》：“雨打梨花深闭门，忘了青春，误了青春。”

春二首

其一　昨夜

昨夜东风摇花树，满天飞红不见君。
寒鸦莫道无栖处，此地直上桂华轮。

其二　春雨

东风乍起撩春水，少女心思触目颦。
却倚阑干郎未见，恰如细雨浸芳春。

/ 2019 年 1 月 /

仙狐情

读《聊斋志异》

风递昙幽送五更，寒鸦逐月久啼鸣。

仙狐荒野喃喃语，大雪松斋片片情。

/ 2019 年 8 月 /

闺 情

浮梗莲灯来万里，江潭星月送流霞。
花枯难寄深闺意，早与心中那个他。

/ 2019 年 11 月 /

金龙禅寺复刻

和洛夫《金龙禅寺》[1]

腊月大雪锁深山，云上石梯灯点燃。
金龙禅寺何处觅，风起晚钟惊灰蝉[2]。

/ 2019 年 12 月 /

①《金龙禅寺》是台湾诗人洛夫 20 世纪 70 年代创作的一首富有禅意的诗歌。

②灰蝉：洛夫诗中意象。

记陌上偶逢

一更风雪一日尘，尘里年光锁柴门。
柴门深深有桃树，桃枝扰扰情纷纷。

当年走马偶相闻，淡酒红霞染黄昏。
回眸秋水惹花梦，杏花树下杏花人。
与伊相谈暮色里，先是家国后诗文。
当时有意却不晓，自谓豪气惹春痕。

自古江南出佳丽，求学千里客锦城。
女子风华岂脂粉，青袖丹心忘闺情。
直恨明月不解意，只把斜阳换作灯。
关山何必伤萍水，相别一笑倾人城。

江海花树夜潮深，秋月春风总伤神。
明年依旧桃李绽，落花飞絮又怨春。

/ 2020 年 1 月 /

梦

尘里年光灯影长，风华物色最神伤。

都言花落无情义，却是枝头梦一场。

/ 2020 年 10 月 /

秋 思

朗朗悬明月，凄凄降素霜。

红烛凝旧梦，玉盏守西窗。

山影空孤寂，流年自感伤。

太平时月里，贪念此秋凉。

/ 2020 年 11 月 /

采桑子·赠伍老师

梧桐枝上铺银汉，夜色阑珊，昙花萦牵，只为园中花卉妍。

文翁室有栽桃者，春雨西川[①]，秋叶长安，梦夏时节霞满天。

/ 2018 年 9 月 /

①西川：古代行政区域，指代成都。

长相思·杏花

铜铃声，百灵声。深巷何人雨中行？芸芸伴汝生。

雨无情，风无情。花落窗前已几更？摇摇楼上灯。

/ 2019 年 1 月 /

西江月·寄君

雪作飞花满树，风来尽显招摇。千花万树似春潮，知否东风未到？

红日一轮初绽，东山薄雾齐腰。寒江独立弄笙箫，今日寄君可好？

/ 2019 年 3 月 /

少年游·夏日

夏天昏昏沉沉，看着窗外下午四五点钟的太阳，只希望就这样趴在桌子上睡一觉，醒来斜阳依旧。

昏昏夏日倦难治，斜日晚风迟。半笼衫袖，懒描金字，梦里嗅香枝。

繁星汉水如何至，天鹊可曾知？一颗两颗，半途惊醒，不似那年时。

/2020 年 7 月/

鹧鸪天二首

其一

雕梁画栋舞袖轻，飞烟暖日柳荷盈。青山粉黛差颜色，杏雨梨花惜自零。

人去后，恨难平，此身无用却多情。未曾看尽风和雨，更少三番暗与明。

其二

当时多情却无情，此时偏在梦中呈。梦中不解情和恨，离恨催人魂梦惊。

偏这恨，共春生，相思为点月华灯。去无影也寻无迹，不染灰来不见萍。

/ 2021 年 3 月 /

一剪梅·荔枝

不是唇脂不是砂。红似山楂，涩似山楂。淮枝带绿水晶滑，形也清佳，色也清佳。

丢了春风向哪家？思在天涯，念在天涯。当时好梦酒中霞，如鬓边花？似枕边花？

/ 2021 年 7 月 /

临江仙·百合

碧玉竿头支月露，白云瓣里罗缨。清风吹盛眼中情。颜展湘水暖，眉蹙太湖冰。

香似绢丝花似影，娆娆天与娉婷。自知素面胜红樱。偏偏亲夜月，不是恨难平。

/ 2021 年 9 月 /

第四辑

一番清雨落山岗

山　中

夜色阑珊清雨后，冷风吹花山更秀。

何方轩庙梵钟声，裁断梦中粉衣袖。

/ 2018 年 3 月 /

月夜闻笛

戊戌年中秋月夜，家人围坐赏月，月华如水，丹桂飘香。笛声远至，悠扬清亮，婉转延回，如月宫仙曲，似述人间千年浮沉……

何处长笛催花落？一声一片逐水没。
声如冰锋透心寒，削尽天下百花残。
乍暖初化骨如砭，听客不觉汗湿衫。
明月挂梢飞鸟归，皎洁流波白霞飞。
一惊一暖应明月，几沉几浮关山客。
桑田碧海颜色改，浮沉悠转多感慨。

昔时商周九鼎分，从此英雄竞策勋。
秦皇伟业定天下，高祖登顶长安门。
魏晋南北众朝廷，任我江山遭鏖兵。
李氏一脉兴华夏，安史乱国梦魂惊。
宋起文曲鱼跃处，杯酒兵权枉轻武。
金戈铁骑破汴梁，乞化归来我为主。

功臣名门无后生，遗甲十三归大清[①]。
千年走马歌一曲，呜呼哀哉百姓轻。

自古英雄不曾断，难逃黄泉土一丘。
四万八千无限事，笛声梦断去悠悠。
笛声哽咽自萦萦，长空秋雁感离情。
明月千年照古今，我为明月赋新声。
笛声渐沉百袖招，招来青云遮月影。
渐渐声断似冰凝，一声冲云惊梦醒。
笛声沉，歌声止，浮云静，明月清。
远来子规轻啼声，万树飘摇万物生。
待到来年日月换，碧草鲜花遇东风。

/ 2019 年 1 月 /

①遗甲十三：努尔哈赤以遗甲十三副起兵，揭开统一女真各部的序幕。

观　荷

梦中烟雨敲莲蛙，梦醒卷帘半朵霞。

梦里南风送仲夏，梦外荷塘万点花。

/ 2019 年 7 月 /

告阎王（一七体诗）

读《孔雀东南飞》，悼焦仲卿、刘兰芝而作

怅　长
风月　流光
奈浮生　萍过江
自挂东南　种种仓皇
不是痴功名　谁愿谪他乡
无望金榜三甲　不堪珠还泪光
奈树无情黄云涨　奈河十里无端长
与君世世相守　不复俗乱曲江
描斜红朱粉　点面靥红妆
清池一跃　桔梗飘香
天有妒　何成双
望川　泱泱
殇　伤

睥朝暮，掌雷雨，春秋千载未白云鬓。

斗星月，历风霜，浮生百世早添神伤。

情人苦，苦阎王[①]。

/ 2020 年 3 月 /

①意指天下如此之苦情人，连阎王听了也觉苦。

清　明

杏雨梨花又断魂，阴尘潮露暗灯芯。
鲍家长吉今又唱[1]，千户万家听瓦吟。

/ 2020 年 4 月 /

①鲍家：指鲍家诗。南朝宋鲍照《代蒿里行》：“赍我长恨意，归为狐兔尘。”唐李贺《秋来》：“秋坟鬼唱鲍家诗，恨血千年土中碧。”长吉：长吉体。李贺字长吉，风格以“奇崛险怪”“奇幽冷艳”著称，其诗世称长吉体。

夏　夜

薄薄青山雾，丝丝明月裁。

点点流萤火，星辰若可摘。

/ 2020 年 7 月 /

秋

近来天气已薄凉，燕子南飞日子长。

把酒凭栏托远望，一番清雨落山岗。

/ 2020 年 9 月 /

诗三首

其一　蜀雨

蜀中烟雨在蛙田，禾稻插秧啼咕间。
更比江南水墨画，多了吆喝与炊烟。

其二　禾木

禾木生窗外，其下有杜鹃。
佳人倚竹望，苍山起暮烟。

其三　丁香

一盏油灯风里斜，万家炊火雨中接。
十年思念成今日，何人为解丁香结[1]。

/ 2020 年 11 月 /

---

①唐李商隐《代赠二首》其一："芭蕉不展丁香结，同向春风各自愁。"

念奴娇·梦里观月

清霜盈院，照彻寒云外，儿时明月。飞瓦流光应远去，回望来时离别。香里银笙[①]，夜中归客，别后音尘绝。清宫生露，盈盈横卧秋叶。

当年谁记荣华？彩霞如梦，醒时残阳血。历历山河千古在，无奈几场飞雪。夜半时分，不堪凄冷，乍醒惊秋叶。纵然长路，银盘何必圆缺。

/ 2019 年 11 月 /

①南宋蒋捷《一剪梅·舟过吴江》："银字笙调，心字香烧。"

八声甘州·哀屈原

落日山河过客登楼，百代错烦愁。问浮生几度，洞庭明月，司命白头[1]。佩艾草随长剑，汨水奏箜篌。但恋楚江地，长恨悠悠。

自是不甘屈子，有几番情恨，春水空流。纵有金络马，何处踏清秋[2]？一生似、山河一粟，路遥遥、沧海放扁舟。凭谁叹、雄心壮志，东去难酬。

/ 2020 年 3 月 /

---

①司命：屈原《楚辞·九歌》中掌管人命运的神。

②唐李贺《马诗二十三首》其五："何当金络脑，快走踏清秋？"金络脑，用黄金装饰的马笼头。

少年游·天仙配

天家绝色弄青丝。误落碧桐枝。百日情长，当时言语，春梦诉谁知。

平生只恨逢仙子，自此抱情痴。多少粉黛，绛唇皓齿，不再动凡思。

/ 2020 年 6 月 /

西江月·忆西江苗寨

长忆西江灯盏，小七孔上云寒。寨楼高处月儿弯，细雨微风吹乱。

往事多随流水，漂零又是年关。光阴吝啬一枝安，快马流年偷换。

/ 2021 年 2 月 /

调笑令·春晓

春晓，春晓，枝上嫩芽疏小。云开雨霁日升，花红蝶舞草青。青草，青草，含露桥头顾笑。

/ 2021 年 3 月 /

虞美人·夜思

东风应妒风华好，顾盼停花鸟。忽觉已比月妖娆，却是桂花一点在眉梢。

流光萤影情纷乱，举首望霄汉。桂宫白兔几时还？只怨漫天星斗惹人烦。

/ 2021 年 4 月 /

如梦令·夏暮

知否一年风好，不在春朝秋晓。日暖影重重，谁管夏蝉鸣噪。霞照，霞照，云送几只归鸟。

/ 2021 年 6 月 /

一剪梅·金桔红枣

红枣应嫌挂皱袍。皱也含娇，倦也含娇。高阳炽火焰桔烧。枝为风挠，叶为君抛。

蝉噪如雷鸟狷佻。树上嘤嘤，窗外叨叨。合书盖眼困难消。人影萧萧，绿影摇摇。

/ 2021 年 8 月 /

临江仙·冬夜走笔

一道清光澄似练，惊鸿照影人间。白驹流火变桑田。鬓华霜枕畔，飞絮过床前。

倾墨凝成冰翡翠，弄池易碎晶帘。狼毫受冻笔锋寒。晕开千古事，万物可流连。

/ 2021 年 11 月 /

新兰亭集序

论名[①]

永和九年，岁在癸丑。群贤会于兰亭，流觞曲水，畅叙幽情。列叙时人，录其所述，兴尽而归。小子敢以时文叙旧日盛事，以论名者尔。

夫巴陵兴于希文[②]，滕王盛于子安[③]。江山水域亭台楼阁，兴于骚人之笔，传于文章之端。兰亭者，会稽山阴一小阁也，今有兰亭一序，千古之下，可享其名。

名者，士之所向。世人爱名甚也，概以其生之有涯而欲求死之无涯耶。山川亘古长存，然以文传于世。浮生白驹过隙，何以存留千古？名也！凌烟阁上[④]，吴钩饮血，所留者名也；长安道旁，红尘客梦，所逐者名也；终南山里，捷径嘉处[⑤]，所希者名也。蚁阵蜂衙，蝇营狗苟，燕去鸿来，名留几度？

君子爱名，取之有道。叔孙豹纵论不朽三立[⑥]，虽久不废；张子厚语录横渠四句[⑦]，至今弥真。此为留名之标杆，传世之极至也。能行而成之，古今几人？况意与时驰，事与愿违。愈不舍营营者，愈不得名。而无意琐琐者，愈留其名。阎公婿欲作滕王阁序不留一名而功成王子安[8]，宋延清私窃白头翁吟贻笑万年而名扬刘庭芝[9]。是故以无名之心求名者，可名传天下也；以有名之心求名者，或名遗众生耳。

求名不可移志，立言不可丧本，立功不可弃德。古之追名求功者芸芸：或移志权贵，折腰名利，臭名难弃；或铁血丹心，忠肝赤胆，芳名百世。赵高营私弄权，两度政变结党专宠而亡秦；于谦忠心义烈，三拒外敌含冤遭陷而兴明。一浊一清，名之高下立判。白蚁争穴，蝇头微利，皆因不能站高望远。欲求名当先修身立德也。

乱世不可独达，盛世不可穷志。分分合合天下之道，虚虚实实为仕之理。入世可留名，商鞅变法度收河西，文孺正宫闱劾魏阉[10]，皆留名于世。出世亦可留名，“商山四皓”拒高祖而肆贫贱[11]，“竹林七贤”归山野而崇放达。箪食瓢饮，澹泊寡欲，亦可留清名于后世。何也？顺乎世道哉。

嗟乎，今会于会稽山阴之兰亭，仰观宇宙，俯察品类，识其盈虚。感死生所痛，悟虚玄所妄，知生命可贵。然俯仰一世，东兔西乌，寸阴尺璧，修名何立？若自放于山水，不展韬略于庙堂，则必兴怨刺于纸墨，空有凌云之志而不得展。阮籍穷途，虮哭而反；少陵漂泊，吏别三叹[12]；稼轩挑灯，醉里看剑。痛哉痛哉，忧愁风雨，可惜流年[13]！

环顾左右，峻岭崇山，清流急湍。虫鸟杂啼，丝竹相生，美不胜收。呜呼！流光易逝，盛景不常，来日难抵去日之远，百岁不堪千岁之忧。追落霞而疾长风，系扶桑而跨苍溟。百年梦短，寄蜉蝣于天地[14]。千古风流，挂云帆而游沧海[15]。无愧于心，不困于时，不枉此生。如是也，人之一世，求名千古于乱世不如相邀相逢于山野，栖隐林泉于盛时不若立功立命于四海。

论名而亡，怀古弥叹，故作此序警志。

庚子年九月重序

---

①《新兰亭集序——论名》获第十四届全国中学生创新作文大赛综合赛区初赛一等奖。

②巴陵：巴陵郡。隋唐称岳州，岳阳楼所在地。希文：范仲淹，字希文。

③滕王：即滕王阁。子安：王勃，字子安。

④凌烟阁：唐代为表彰功臣而建筑的绘有功臣图像的高阁，位于长安城太极宫内，因“凌烟阁二十四功臣”而闻名于世，后毁于战乱。

⑤《新唐书·卢藏用传》记载，卢藏用想入朝做官，就隐居在京城长安附近终南山，希望得到征召。后果然被召去当了大官。后司马承祯想归山，卢指着终南山说：“此中大有嘉（佳）处，何必在远。”后以“终南捷径”比喻最近便的升官门路。

⑥叔孙豹：春秋时鲁国大夫。《左传》记载：鲁大夫叔孙豹回答范宣子什么是死而不朽时说：“太上有立德，其次有立功，其次有立言，虽久不废，此之谓不朽。”后人称之为“三立”“三不朽”。

⑦张子厚：张载，字子厚。北宋大儒，哲学家，理学创始人之一。横渠四句：出自张载《横渠语录》：“为天地立心，为生民立命，为往圣继绝学，为万世开太平。”当代哲学家冯友兰将其称作“横渠四句”。由于其言简意宏，一直被人们传颂不衰。

⑧阎公：江西洪州都督。唐高宗时阎公重修滕王阁，并在滕王阁上欢宴群僚宾客，本拟让其女婿作赋以成全其名，却让王勃一气呵成写成《滕王阁序》，名扬千古。

⑨宋延清：即宋之问，字延清。相传其外甥刘希夷（字延芝，一作庭芝）曾写了一首题为《代悲白头翁》的诗，诗中有“年年岁岁花相似，岁岁年年人不同”。宋之问喜爱不已，请求外甥将这

两句让给自己而不成，竟然命令家奴用土袋将外甥活活压死。

⑩文孺：杨涟，字文孺，明末著名谏臣，“东林六君子”之一。终生致力于正宫闱、反阉党，以遏制魏忠贤，为挽救混乱的政局献出了自己宝贵的生命。

⑪“商山四皓”：秦始皇时七十名博士官中的四位，因不满秦始皇的暴行而隐居于商山。汉高祖刘邦曾请他们出山为官，却被拒绝。

⑫吏别三叹：即杜甫“三吏三别”：《新安吏》《石壕吏》《潼关吏》《新婚别》《无家别》《垂老别》。深刻写出了民间疾苦及在乱世之中身世飘荡的孤独。

⑬南宋辛弃疾《水龙吟·登建康赏心亭》：“可惜流年，忧愁风雨，树犹如此！”

⑭北宋苏轼《赤壁赋》：“寄蜉蝣于天地，渺沧海之一粟。”

⑮唐李白《行路难》其一：“长风破浪会有时，直挂云帆济沧海。”